Collection folio junior

dirigée par
Jean-Olivier Héron
et Pierre Marchand

Patrick Modiano, né en 1945, est un des plus talentueux écrivains de sa génération. Explorateur du passé, il sait ressusciter avec une précision extrême l'atmosphère et les détails de lieux et d'époques révolues, comme le Paris de l'Occupation, dans son premier roman, *La Place de l'Étoile*, paru en 1968. Avec *Catherine Certitude*, il nous fait pénétrer dans l'univers tendre d'une petite fille au nom étrange, dont l'enfance se déroule dans le quartier de la Gare du Nord, à Paris, au cours des années 1960.

Pour son roman, *La Place de l'Étoile*, Patrick Modiano a obtenu le prix Roger Nimier et le prix Fénéon. Pour *Les Boulevards de Ceinture*, en 1972, il se voit décerner le Grand Prix du Roman de l'Académie Française ; pour *Villa triste*, en 1975, le prix des Libraires, et enfin le prix Goncourt, pour *Rue des Boutiques obscures*, en 1978.

Jean-Jacques Sempé est né le 17 août 1932 à Bordeaux. Dès l'âge de dix-neuf ans, il se lance dans le dessin humoristique, collaborant à de nombreux magazines, tels que Paris Match, Punch, l'Express et, depuis quelques années, le New Yorker et le New York Times. En 1961, il publie son premier album, *Rien n'est simple*, qui sera suivi de nombreux autres, édités par Denoël et Gallimard. Il est aussi, avec René Goscinny, l'immortel auteur du *Petit Nicolas*, dont les cinq volumes ont été publiés dans la collection Folio Junior.

Modiano/Sempé

Catherine Certitude

Gallimard

À New York, il neige aujourd'hui et je regarde, par la fenêtre de mon appartement de la 59ᵉ rue, l'immeuble d'en face où se trouve l'école de danse que je dirige. Derrière la baie vitrée, les élèves en justaucorps ont cessé leurs pointes et leurs entrechats. Ma fille, qui travaille avec moi comme assistante, leur montre, pour les détendre, un pas sur une musique de jazz.

Tout à l'heure, j'irai les rejoindre.

Il y a parmi ces élèves, une petite fille qui porte des lunettes. Elle les a posées sur une chaise, avant de commencer le cours, comme je le faisais au même âge chez Madame Dismaïlova. On ne danse pas avec des lunettes. Je me souviens qu'à l'époque de Madame Dismaïlova, je m'exerçais pendant la journée à ne plus porter mes lunettes. Les contours des gens et des choses perdaient leur acuité, tout devenait flou, les sons eux-mêmes étaient de plus en plus étouffés. Le monde, quand je le voyais sans lunettes, n'avait plus d'aspérités, il était aussi doux et aussi duveteux qu'un gros oreiller contre lequel j'appuyais ma joue, et je finissais par m'endormir.

– A quoi rêves-tu, Catherine ? me demandait papa. Tu devrais mettre tes lunettes.

Je lui obéissais et tout retrouvait sa dureté et sa précision coutumières. Avec mes lunettes, je voyais le monde tel qu'il est. Je ne pouvais plus rêver.

Ici à New York, j'ai fait partie d'une troupe de ballet pendant quelques années. Ensuite, j'ai dirigé avec ma mère un cours de danse. Puis elle a pris sa retraite et j'ai continué sans elle. C'est maintenant avec ma fille que je travaille. Mon père lui aussi devrait prendre sa retraite mais il ne peut s'y résoudre. Sa retraite de quoi, au juste ? Je n'ai jamais su quel est exactement le métier de papa. Lui et maman sont installés maintenant dans un petit appartement de Greenwich Village. En somme, rien à dire sur nous. Des New-Yorkais comme tant d'autres. La seule chose un peu étrange c'est ceci : avant notre départ pour l'Amérique, j'ai vécu mon enfance dans le Xe arrondissement. Voilà presque trente ans de cela.

ous habitions au-dessus d'une sorte de magasin dont papa baissait, chaque soir, à sept heures, le rideau de fer. Cela ressemblait au local des gares de province où l'on consigne et où l'on expédie les bagages. Il y avait toujours des caisses et des paquets empilés les uns sur les autres. Et une balance, dont le vaste plateau, au ras du sol, était fait pour supporter des poids importants, puisque son cadran indiquait jusqu'à trois cents kilos.

Je n'ai jamais rien vu sur le plateau de cette balance. Sauf papa. Aux rares moments où Monsieur Casterade, son associé, était absent, papa se tenait immobile et silencieux au milieu du plateau de la balance, les mains dans les poches, le visage incliné. Il fixait d'un regard pensif le cadran de la balance, dont l'aiguille marquait – je m'en souviens – soixante-sept kilos. Quelquefois, il me disait :

– Tu viens Catherine ?

Et j'allais le rejoindre sur la balance. Nous restions là, tous les deux, les mains de papa sur mes épaules. Nous ne bougions pas. Nous avions l'air de prendre la pose devant l'objectif d'un photographe. J'avais ôté mes lunettes, et papa avait ôté les siennes. Tout était doux et brumeux autour de nous. Le temps s'était arrêté. Nous étions bien.

Un jour, Monsieur Casterade, l'associé de papa, nous avait surpris sur cette balance.

– Qu'est-ce que vous faites là ? avait-il demandé.

Le charme était rompu. Nous avions remis nos lunettes, papa et moi.

– Vous voyez bien que nous nous pesons, avait dit papa.

Sans daigner nous répondre, il avait disparu d'un pas nerveux, tout au fond, derrière la paroi vitrée, là où deux gros bureaux de noyer se faisaient face avec leurs chaises pivotantes : le bureau de papa et celui de Monsieur Casterade.

C'est après le départ de maman que Monsieur Casterade a commencé de travailler avec papa. Maman est américaine. A vingt ans, elle appartenait à une troupe de danseuses, venues en tournée à Paris. Elle avait fait la connaissance de mon père. Ils s'étaient mariés, et maman avait continué de danser à Paris, dans les music-halls : L'Empire, Le Tabarin, L'Alhambra... J'ai gardé tous les programmes. Mais elle avait le mal du pays. Au bout de quelques années, elle avait décidé de retourner en Amérique. Papa lui avait promis que nous irions la rejoindre là-bas, dès qu'il aurait réglé ses « affaires commerciales ». Voilà, du moins, les explications qu'il me donnait. Mais plus tard, j'ai compris qu'il y avait, au départ de maman, d'autres raisons.

Chaque semaine, papa et moi nous recevions, l'un et l'autre, une lettre d'Amérique, dont l'enveloppe était bordée de petites barres rouges et bleues.

La lettre de maman finissait toujours par :

« Catherine, je t'embrasse très forte. Ta maman qui pense à toi. »

Maman faisait quelquefois une faute d'orthographe.

Quand papa me parlait de son associé Raymond Casterade, il le surnommait : « Le Crampon ».

— Ma petite Catherine, je ne peux pas venir te chercher cet après-midi à l'école... Je dois travailler toute la soirée avec « Le Crampon ».

Monsieur Casterade était un homme brun aux yeux noirs, au buste très long. Ce buste long et raide cachait le mouvement de ses jambes et on aurait dit qu'il glissait sur des patins à roulettes ou même des patins à glace.

J'ai su, plus tard, que papa l'avait d'abord engagé comme secrétaire. Il voulait un homme qui connût bien l'orthographe et Monsieur Casterade, dans sa jeunesse, avait préparé une licence ès lettres. Et puis « Le Crampon » était devenu son associé.

Il faisait la morale pour un oui pour un non.

Il aimait aussi annoncer les catastrophes. Le matin, il venait s'asseoir à son bureau et dépliait lentement son journal. Papa était assis, en face, à l'autre bureau, et il avait ôté ses lunettes. Alors Monsieur Casterade, avec son accent du Midi, lisait le compte rendu des catastrophes et des crimes.

– Vous ne m'écoutez pas, Georges, disait Monsieur Casterade à papa. Vous êtes ailleurs... Vous n'avez pas le courage de voir le monde tel qu'il est... Vous devriez remettre vos lunettes...

– Est-ce bien nécessaire ? disait papa.

« Le Crampon » avait une autre manie : celle de dicter des lettres, le buste cambré, le verbe haut. Combien de fois ai-je vu papa taper à la machine des lettres d'affaires sous la dictée de Monsieur Casterade, et cela sans oser lui dire – par délicatesse – que ces lettres ne servaient à rien... Monsieur Casterade épelait les mots, indiquait la ponctuation et le moindre accent circonflexe.

Dès que son associé tournait le dos, papa déchirait souvent la lettre.

A moi aussi, « Le Crampon » voulait dicter mes devoirs et j'étais obligée de le laisser faire. J'avais quelquefois une bonne note mais, en général, le professeur écrivait sur ma copie : « hors sujet ».

Alors, papa m'avait dit :

– Si tu sens qu'il est « hors sujet », déchire le devoir qu'il te dicte. Et recommence-le toute seule.

En son absence, papa l'imitait.

– Point-virgule, ouvrez les guillemets, virgule, deux-points, ouvrez la parenthèse, à la ligne, fermez la parenthèse et les guillemets...

Et comme il prenait l'accent du Midi de Monsieur Casterade, j'avais une crise de fou rire.

– Un peu de sérieux, Mademoiselle, disait papa. N'oubliez pas le tréma sur le u... Et remettez vos lunettes pour voir le monde tel qu'il est...

Un après-midi que je revenais de l'école avec papa, Monsieur Casterade avait voulu que je lui montre mon bulletin. Il le lisait en mordillant son fume-cigarette. Il m'a fixée de son œil noir :

— Mademoiselle, m'a-t-il dit, je suis très déçu. Je m'attendais à de meilleurs résultats de votre part, surtout en orthographe... Tout ce que je constate, en lisant ce bulletin, c'est...

Mais j'avais ôté mes lunettes et je ne l'entendais plus.

— Taisez-vous, Casterade, a dit papa. Vous commencez à me fatiguer. Laissez cette petite tranquille.

— Très bien.

Monsieur Casterade s'est levé, le buste dédaigneux, et il a glissé jusqu'à la porte du bureau.

Il a disparu, très droit, très digne sur ses patins à roulettes invisibles, et papa et moi, nous nous sommes regardés par-dessus nos lunettes.

Plus tard, en Amérique, le magasin de la rue d'Hauteville et Monsieur Casterade nous semblaient si lointains que nous finissions par nous demander s'ils avaient jamais existé. Un soir, au cours d'une promenade à Central Park, j'ai demandé à papa pourquoi il avait permis à Monsieur Casterade de prendre une si grande importance dans sa vie professionnelle et notre vie familiale au point de lui laisser dicter ses lettres, et d'écouter ses leçons de morale sans oser l'interrompre.

– Je ne pouvais pas faire autrement, m'a avoué papa. Casterade m'a sauvé d'un bien mauvais pas.

Il n'a jamais voulu me donner d'autres détails. Mais, un jour que Monsieur Casterade était très fâché, je l'avais entendu dire à papa :

– Vous devriez vous rappeler, Georges, que les vrais amis sont ceux qui vous sortent des griffes de la Justice.

Quand papa avait connu Casterade, celui-ci venait d'abandonner son poste de professeur de français dans un collège de la banlieue. Il avait profité du respect de papa à l'égard de ceux qui écrivent des livres : Monsieur Casterade avait publié jadis plusieurs volumes de vers. J'ai ici, dans la bibliothèque de mon appartement de New York, l'un de ses ouvrages, que mon père avait sans doute fourré dans sa valise, à notre départ de France, pour garder une trace du passé. Le livre s'appelle : *Cantilènes* et il est édité chez l'auteur, 15, rue de l'Aqueduc, à Paris X^e. On lit une notice biographique au dos du volume : « Raymond Casterade. Lauréat des jeux floraux du Languedoc, des Mussetistes de Bordeaux et de la Fédération littéraire Gascogne-Afrique du Nord. »

Au-dessus de la façade du magasin – une grande vitre dépolie qui décourageait la curiosité des passants de la rue d'Hauteville – il était écrit en caractères bleu marine : « CASTE-RADE & CERTITUDE – Exp. – Trans. » Certitude est notre nom de famille, à mon père et à moi. Ici, en Amérique, on le prononce Tcer-ti-tiou-de, avec difficulté, mais à Paris cela sonnait clair et français. Papa m'a expliqué, plus tard, que notre vrai nom était beaucoup plus compliqué. Quelque chose comme : *Tscerstistscek-vadze*, ou *Chertchetitudjvili*. Un après-midi d'été, juste avant la guerre, quand papa était jeune, il avait eu besoin d'un extrait d'acte de naissance et il s'était rendu à la mairie du IXe arrondissement de Paris, là où son père à lui l'avait inscrit sous le nom de *Tscerstistscek-*

vadze ou *Chertchetitudjvili.* Dans le bureau désert et ensoleillé de l'état civil, un employé se tenait, solitaire.

Au moment de transcrire sur la fiche le nom si compliqué de mon père, il avait poussé un soupir. D'un mouvement machinal, il avait chassé un essaim d'abeilles invisibles, des moustiques, des grillons, comme si ces *Czer*, ces *Tser*, ces *Tits*, et ces *Tce* du nom de mon père lui avaient évoqué le bourdonnement de centaines d'insectes autour de lui.

– Vous avez un nom qui donne chaud, avait-il dit à papa en s'épongeant le front. Et si on le simplifiait ? Ça vous irait... Certitude ?

– Si vous voulez, avait dit papa.

– Alors, va pour Certitude.

Le magasin de la rue d'Hauteville portait donc pour enseigne : « CASTERADE & CERTITUDE – Exp. – Trans. » Que signifiait « Exp. – Trans. » ? Mon père est toujours resté discret et évasif là-dessus.

Expéditions ? Exportations ? Transit ? Transports ?

Le travail se faisait de nuit. Souvent, j'étais réveillée par des allers et venues de camions qui s'arrêtaient et laissaient tourner leur moteur. Par la fenêtre de ma chambre, je voyais des hommes entrer et sortir du magasin en transportant des caisses. Papa et Monsieur Casterade, au milieu du trottoir, dirigeaient ces activités nocturnes de manutention. Papa tenait un registre ouvert à la main, et au fur et à mesure que l'on déchargeait les caisses d'un camion ou que l'on chargeait un autre camion, il prenait des notes. J'ai retrouvé, dans de vieux papiers, l'une des pages de ce registre :

Heures	Sortie	Heures	Arrivée
10h30	Matériel radio et boutons	10h15	chaussures militaires
11h.	chemises, vis et chandails	11h15	imperméables
11h30	dynamos, ~~Frigidaires~~ réfrigérateurs		30 Bouteilles de Rhum
0h15	cables et tentes	1h30	Fraiseuses, moteurs électriques

Le mot « Frigidaires » est rayé et remplacé par « réfrigérateurs »
de l'écriture de Monsieur Casterade,
et au bas de la page, je reconnais la signature illisible de papa.

J'allais à l'école rue des Petits-Hôtels, tout près de notre domicile. Papa m'y accompagnait après avoir levé le rideau de fer du magasin.

Chaque matin, sur notre chemin, nous croisions Monsieur Casterade qui descendait la rue d'Hauteville pour rejoindre son bureau de « CASTERADE & CERTITUDE – Exp. – Trans. ».

A tout de suite, Raymond, disait mon père.

– A tout de suite, Georges.

Et son long buste continuait de glisser de plus en plus vite, puisque la rue d'Hauteville est en pente.

Nous arrivions devant l'école. Mon père me tapotait l'épaule.

– Bon courage, Catherine... Et, cela n'a aucune importance si tu continues à faire des fautes d'orthographe comme ton papa...

Maintenant, je comprends qu'il ne disait pas cela parce qu'il était un père indifférent à l'éducation de sa fille. Mais il savait que Monsieur Casterade me faisait peur avec ses perpétuelles leçons de morale et d'orthographe et lui, papa, cherchait, au contraire, à me rassurer.

Je restais deux fois par semaine à la cantine de l'école, et les autres jours je déjeunais avec papa dans un restaurant du quartier, rue de Chabrol : « Le Picardie ». Monsieur Casterade y déjeunait lui aussi. Nous le guettions, au coin de la rue, et nous attendions une dizaine de minutes après qu'il était entré dans le restaurant pour ne pas nous asseoir à la même table que lui. Papa voulait être seul avec moi et craignait que Casterade ne parlât encore de catastrophes, de morale et d'orthographe. Je crois que papa s'était mis d'accord avec le patron du restaurant pour qu'il nous donnât la table la plus éloignée de celle de Casterade.

A la porte du « Picardie », papa me disait :

— Il faut que nous enlevions nos lunettes, Catherine... Comme ça, nous aurons une excuse pour ne pas voir Casterade...

Souvent, ceux avec qui il traitait des affaires venaient le retrouver à la fin du repas et s'asseyaient à notre table.

Je les écoutais parler mais je ne comprenais pas tout ce qu'ils disaient. Des hommes bruns avec des moustaches et de vieux pardessus. Il y avait aussi, parmi eux, un roux aux lunettes à monture d'or, qui écoutait papa, bouche bée. Je me souviens que celui-là s'appelait Chevreau. Un jour, papa lui avait dit :

— Alors, Chevreau, ça vous intéresse, cinquante sièges d'avion Constellation ?

Chevreau avait écarquillé les yeux.

— Des sièges de quoi ?

— De Constellation. C'est un avion, comme vous savez...

— Qu'est-ce que vous voulez que j'en fasse ?

— Eh bien, vous pouvez, par exemple, les transformer en sièges de cinéma.

Chevreau considérait mon père, bouche bée, comme à son habitude.

– Ah ça, vous avez de l'imagination... Vous m'épatez, Certitude... Eh bien, d'accord... Je les prends... Je suis vraiment épaté...

Je lisais tant d'admiration pour papa dans les yeux de Monsieur Chevreau que, moi aussi, j'étais épatée. Quel pouvait bien être le métier de papa? Je le lui ai demandé un après-midi :

– Comment t'expliquer, ma chérie ? Pour faciliter le trafic des marchandises à travers l'Europe, il existe dans chaque pays ce qu'on appelle des messageries, et à leur tête... Enfin, disons pour simplifier que des gens m'envoient des caisses et des paquets... Je les garde dans le magain... Je les envoie à d'autres gens... Je reçois d'autres paquets... Ainsi de suite...

Il avait aspiré une grande bouffée de cigarette.

– Disons que je travaille dans les paquets.

A partir du mois d'avril, les fins d'après-midi, il m'accompagnait dans le square, devant l'église Saint-Vincent-de-Paul. J'y retrouvais quelques-unes de mes camarades de classe et nous jouions jusqu'à six heures. Papa était assis sur un banc et me surveillait d'un œil distrait tandis que des hommes bruns à moustaches et aux vieux pardessus – les mêmes que ceux du restaurant – et Chevreau lui aussi prenaient place, à tour de rôle, sur le banc à côté de lui. Ils parlaient et papa écrivait des notes sur un calepin.

A la tombée du soir, nous descendions, main dans la main, la rue d'Hauteville.

Papa me disait :

— Casterade va être de mauvaise humeur. Il ne comprend pas que je donne mes rendez-vous dans le square. C'est idiot... Avec ce beau temps, on travaille beaucoup mieux dehors...

Il attendait papa, dans le fond du magasin, assis à son bureau. Oui, il était, en général, de très mauvaise humeur.

— Vous avez bien travaillé, Raymond ? demandait papa.

— Il faut bien que quelqu'un travaille ici.

Il raidissait le buste.

— Et vous, Mademoiselle, me disait-il d'une voix encore plus sèche, quels poètes français avez-vous étudiés cet après-midi à l'école ?

— Victor Hugo et Verlaine.

— Toujours les mêmes. Mais il n'y a pas qu'eux... C'est très vaste, la poésie... Par exemple...

Il ne fallait pas le contrarier, à ce moment-là.

Papa s'asseyait à son bureau. Et moi, je restais debout les bras croisés. Monsieur Casterade sortait de la poche intérieure de sa veste l'un des recueils de poèmes dont il était l'auteur.

— Je vais vous donner un exemple de métrique française... la vraie.

Alors, il nous lisait ses poèmes, d'une voix monocorde, en battant d'une main la mesure. Je me souviens encore du début de l'un d'eux, pour lequel il semblait éprouver une tendresse particulière :

Betty au cou d'albâtre et toi, Marie-Josée,
Souvenez-vous toujours des serments échangés,
Là-bas, à Castelnaudary, les soirs d'automne...

Je m'asseyais sur les genoux de papa et je finissais par m'endormir. Bien plus tard, papa me réveillait. La nuit était tombée.

— Il est parti, disait papa d'un ton épuisé. Tu peux remettre tes lunettes...

Alors, je l'aidais à baisser le rideau de fer du magasin.

Le matin, papa me réveillait. Il avait préparé le petit déjeuner qui nous attendait sur la table du salon-salle à manger. Il ouvrait les persiennes et je le voyais de dos, dans l'embrasure de la fenêtre. Il contemplait le paysage : les toits et, tout là-bas, la verrière de la gare de l'Est. Et il disait en nouant le nœud de sa cravate, sur un ton pensif ou quelquefois très résolu :

— A nous deux, Madame la vie.

Quand il se rasait, nous respections un rituel tous les deux : il me poursuivait avec son blaireau à travers tout l'appartement, en essayant de me barbouiller le visage.

Après quoi nous devions soigneusement essuyer nos lunettes dont les verres étaient maculés de savon à barbe.

Un dimanche, nous prenions notre petit déjeuner quand nous avons entendu la sonnerie du magasin. J'ai aidé papa à lever le rideau de fer. Un grand camion bâché, qui portait des inscriptions en espagnol, était garé devant le magasin et trois hommes commençaient à le décharger en posant les caisses sur le trottoir. Papa leur a fait transporter les caisses à l'intérieur et il a téléphoné à la pension de famille où habitait Monsieur Casterade. Les trois hommes ont tendu un reçu à papa. Il l'a signé et le camion est reparti dans un ronflement de moteur.

Papa et Monsieur Casterade ont ouvert les caisses. Elles contenaient des statuettes de danseuses classiques.

Dans certaines caisses, les statuettes étaient brisées et nous avons rangé leurs morceaux sur les étagères du magasin. Puis mon père a refermé les autres caisses et il a téléphoné. Il parlait dans une langue étrangère. Il a raccroché le combiné du téléphone et Monsieur Casterade a dit :

— Faites attention, Georges : vous vous lancez dans une aventure périlleuse... Le reçu que vous avez signé ne peut pas être pris en considération par les douanes françaises... Rappelez-vous l'affaire des mille après-ski autrichiens auxquels vous avez fait franchir la douane. Ils ont failli vous entraîner très loin, vos après-ski... Sans moi, vous auriez eu bonne mine derrière les barreaux...

Mais mon père avait ôté ses lunettes et gardait le silence. Le soir, un autre camion est venu prendre livraison des caisses de danseuses. Il ne restait plus que les statuettes brisées. Chaque soir, nous nous amusions, papa et moi, à recoller leurs morceaux et à les aligner au fur et à mesure sur les étagères. Et nous contemplions toutes ces rangées de danseuses.

— Ma petite Catherine, m'a dit papa, ça te plairait d'être une danseuse toi aussi ? Comme maman ?

Je me souviens de mon premier cours de danse. Papa en avait choisi un, dans le quartier, rue de Maubeuge. Notre professeur, Madame Galina Dismaïlova, s'est dirigée vers moi :

— Il faudra que tu danses sans lunettes.

Au début, j'enviais mes camarades qui ne portaient pas de lunettes. Tout était simple pour elles. Mais, à la réflexion, je me suis dit que j'avais un avantage : vivre dans deux mondes différents, selon que je portais ou non mes lunettes. Et le monde de la danse n'était pas la vie réelle, mais un monde où l'on sautait et où l'on faisait des entrechats au lieu de marcher simplement. Oui, un monde de rêve comme celui, flou et tendre, que je voyais sans mes lunettes. A la sortie de ce premier cours, j'ai dit à papa :

– Ça ne me dérange pas du tout de danser
sans mes lunettes.

Papa semblait étonné du ton ferme que
j'avais pris.

– Si je voyais normalement sans lunettes, je
danserais beaucoup moins bien. C'est un avantage.

– Tu as raison, a dit papa. Ce sera comme moi quand j'étais jeune... Les autres te trouveront dans le regard, quand tu ne porteras pas tes lunettes, une sorte de buée et de douceur... Cela s'appelle le charme...

Les cours avaient lieu chaque jeudi soir et papa m'y accompagnait. La grande baie vitrée du studio de danse donnait sur la gare du Nord.

Les mères des élèves étaient assises sur une longue banquette de moleskine rouge. Papa, le seul homme parmi toutes ces femmes, se tenait au bout de la banquette, à distance des autres, et regardait de temps en temps, par la baie vitrée derrière lui, la gare du Nord, les lumières des quais, les trains qui s'en allaient pour de lointaines destinations – jusqu'en Russie, m'avait-il dit – la Russie qui était la patrie de notre professeur, Madame Dismaïlova.

Elle avait conservé un très fort accent russe. Elle me disait :

— Catherrrine, Cerrr-tchi-tchoude... Fondou... Tendou... Pas de cheval... Atti-tou-de... Ouvrrrez seconde... Ferrrmez cinquième... Pied dans la main... Etendez... On change de côté...

Un jeudi soir, j'ai oublié mes lunettes au cours de danse et, comme papa avait du travail, je suis allée toute seule rue de Maubeuge pour les rechercher. J'ai frappé à la porte mais personne ne répondait. J'ai sonné chez la concierge, et elle m'a donné un double de la clé du studio. Quand je suis entrée, j'ai appuyé sur l'interrupteur. Une lumière de veilleuse qui venait de la lampe, sur le piano, laissait des zones de pénombre. Cela m'a fait drôle de voir le grand studio désert, et le piano, tout au fond, avec son tabouret vide. Mes lunettes étaient posées sur la banquette. A travers la baie vitrée, montait une lumière blanche, celle des quais de la gare du Nord.

Alors j'ai décidé de danser toute seule. Il m'a suffi d'un peu d'imagination pour entendre dans

le silence la musique du piano et la voix de Madame Dismaïlova :

— Ouvrrrez seconde... Ferrrmez cinquième... Pied dans la main... Fondou... Tendou... Pas de cheval...

Et puis j'ai arrêté de danser et le silence est revenu. J'ai mis mes lunettes. Avant de quitter le studio, je suis restée un moment devant la grande baie vitrée à regarder les quais de la gare du Nord.

J'ai retrouvé une photographie de cette époque, prise par Chevreau, le roux aux lunettes d'or avec qui travaillait papa. C'était un jeudi après-midi, avant que nous ne partions pour le cours de danse. On m'y voit, devant le magasin, entre papa et Monsieur Casterade. Celui-ci était de bonne humeur ce jour-là, et il esquisse un pas de danse pour m'imiter.

A droite de la photo, on distingue une femme qui, peu à peu, a éveillé chez moi un vague souvenir. Un soir, elle se trouvait dans le bureau de papa, et je l'avais entendue dire, en partant :

— A très bientôt, Georges.

J'avais demandé à papa qui elle était exactement. Papa semblait embarrassé.

– Oh, rien... C'est une hôtesse de l'air...

Et vingt ans après, quand je lui ai montré cette photo et désigné la femme à côté de nous, il m'a répété, en levant les yeux vers le ciel :

– Oh... c'était une hôtesse de l'air...

Ma seule amie, à ce cours de danse, était une petite fille qui venait chez Madame Dismaïlova chaque jeudi, toute seule, sans sa mère. Elle avait engagé la conversation :

– Tu as de la chance de porter des lunettes. Moi, j'ai toujours voulu porter des lunettes... Tu peux me les faire essayer ?

Elle avait mis les lunettes et s'était regardée dans la grande glace du cours, devant laquelle Madame Dismaïlova nous faisait corriger nos positions.

A la fin du cours, elle nous demandait, à mon père et à moi, de l'accompagner jusqu'à la station de métro la plus proche, la station Anvers.

Une dame l'attendait à proximité de la bouche du métro, devant un kiosque à journaux du boulevard Rochechouart. Elle lisait des magazines. Elle portait un imperméable, des chaussures à talons plats et elle avait un air sévère. Elle lui disait :

– Toujours en retard, Odile...

– Excusez-moi, Mademoiselle Sergent.

Odile m'avait expliqué que cette Mademoiselle Sergent était sa gouvernante.

Un soir, avant qu'elle ne prenne le métro avec Mademoiselle Sergent, elle m'a tendu une enveloppe. Celle-ci contenait un carton où était gravé en caractères bleu ciel :

Monsieur et Madame Ralph-B. Ancorena
prient
Georges et Catherine Certitude
d'assister à un cocktail de printemps
le vendredi 22 avril
à Neuilly, 21 boulevard de la Saussaye
à partir de cinq heures.

R.S.V.P.

Nos noms, à papa et à moi, avaient été écrits sur l'invitation par Odile elle-même et je m'étonne que papa n'ait pas compris à l'époque qu'elle l'avait fait à l'insu de ses parents.

— Il faut leur répondre tout de suite pour accepter l'invitation, a dit papa. Vendredi, c'est demain...

Il a demandé conseil à Monsieur Casterade, qui lui a dit :

— Je vais vous dicter une lettre...

Papa s'est assis à son bureau, devant sa machine à écrire et Monsieur Casterade, buste tendu, a commencé :

« Chers amis,

C'est avec grand plaisir... que nous nous proposons... ma fille et moi... d'honorer votre... si courtoise invitation... Nous serons donc... demain... boulevard de la Saussaye... et en attendant nous vous prions de croire en nos sentiments les plus respectueux.

Georges Certitude et fille. »

— Et fille ? a dit papa, l'air surpris.

— Et fille, a répété Monsieur Casterade d'un ton sans réplique. C'est une vieille formule française.

— Il faut qu'ils reçoivent cette lettre dès ce soir, a dit papa.

Il a demandé par téléphone à Monsieur Chevreau de venir au magasin. Il s'agissait d'une affaire urgente.

Chevreau est accouru.

— Pourriez-vous apporter cette lettre tout de suite à Neuilly, boulevard de la Saussaye ? a dit papa.

— Tout de suite ? a dit Chevreau.

— Et j'aimerais que, demain, vous veniez nous chercher ma fille et moi pour nous emmener à la même adresse, dans votre camionnette.

— Vous me prenez à l'improviste, Certitude.

— Ecoutez, Chevreau, a dit papa. Je vous cède les quatre premiers rangs des sièges de Constellation pour rien. Alors, vous me rendez ce service ?

— Si vous voulez, a dit Monsieur Chevreau, impressionné.

Papa était à la fois très anxieux et très impatient de se rendre au cocktail de printemps, chez les parents d'Odile.

— Des gens très bien, ces Ancorena, me répétait-il d'un ton mondain que je ne lui connaissais pas.

Après le déjeuner, nous étions assis sur le banc du square Saint-Vincent-de-Paul, et il faisait des projets d'avenir.

– Tu sais, ma petite Catherine... Il faut peu de chose pour que la vie devienne plus agréable... peu de chose... C'est une question de milieu, d'entourage... J'ai vraiment hâte de voir ces Ancorena...

Papa avait revêtu un costume marron à rayures, après bien des hésitations. Il avait d'abord essayé son costume bleu qu'il jugea trop strict pour ce cocktail de printemps. Il portait à la main son chapeau mou des dimanches. Et des gants. Monsieur Chevreau nous attendait dans sa camionnette, devant le magasin.

– A Neuilly, Chevreau. 21 boulevard de la Saussaye.

Et c'était comme s'il avait donné un ordre à son chauffeur. Monsieur Chevreau a conduit à petite vitesse, jusqu'à Neuilly, sa camionnette brinquebalante.

A peine étions-nous engagés boulevard de la Saussaye que papa a dit :

– Vous pouvez vous arrêter, Chevreau, et nous laisser ici.

– Mais non... Je vous dépose au 21...

– Je préfère que vous nous laissiez ici. Nous ferons le reste du chemin à pied.

Monsieur Chevreau ne cachait pas sa surprise. Nous sommes descendus de la camionnette.

– Attendez-nous ici. Pas devant le 21. Ici.
Vous avez bien compris ? Nous en avons pour
une heure ou deux.

– Comme vous voulez, Certitude, a dit Monsieur Chevreau.

Nous avons marché jusqu'au numéro 21 C'était un hôtel particulier que précédait un jar din avec une pelouse taillée ras. A gauche, dan une cour semée de graviers, des voitures luxueu ses stationnaient.

Odile nous attendait à l'entrée de la maison

— J'avais peur que vous ne veniez pas...

Elle m'a prise par le bras.

— Je suis vraiment contente que tu soi venue...

Elle nous a guidés à travers le grand hall e nous a précédés dans un ascenseur aux paroi de velours rouge.

— Très bien, cet ascenseur, a dit papa. Il fau drait que j'installe le même entre mon bureau e mon appartement.

Il crânait mais je voyais bien qu'il n'était pa rassuré. Il rectifiait le nœud de sa cravate et tri potait son chapeau.

Nous sommes arrivés sur la terrasse. Des ser viteurs en veste blanche circulaient parmi le groupes avec des plateaux de jus de fruits et d cocktails. Les femmes portaient des robes trè fluides, les hommes avaient tous une désinvol ture sportive. Certains des invités étaien debout, leur verre à la main, d'autres assis sou des parasols. Il y avait un soleil et une brise d printemps. L'air était beaucoup plus lége

qu'ailleurs. Dans cette foule, nous étions les
seuls enfants. Odile et moi.

Papa, comme s'il était ivre, s'inclinait et ser-
rait la main de tout le monde, en répétant ces
mots :

– Georges Certitude. Enchanté. Georges
Certitude. Enchanté.

Nous avons fini par nous trouver, au bord d
la terrasse, parmi un groupe de femmes e
d'hommes très élégants.

— Ecoute-moi bien, Catherine, m'a chuchot
papa, en tripotant son chapeau. Ce monsieu
blond et mince qui s'appuie à la balustrade
c'est un grand couturier... Et, à côté de lui, l
monsieur en culotte de cheval, un joueur d
polo de l'île de Saint-Domingue... Il doit reveni
d'un match à Bagatelle... Et cette dame, qui a
l'air si distingué, était la femme de Sacha Gui
try... Regarde... Ce monsieur qui lui parle pos
sède une grande marque d'apéritifs... On voi
son nom inscrit partout dans le métro
DUBO... DUBON... DUBONNET...

Papa était de plus en plus agité et parlait d
plus en plus vite.

— Et ce monsieur brun, c'est le prince Al
Khan... Du moins, il lui ressemble... C'est bie
le prince Ali Khan, Odile ?

— Euh... Oui, monsieur, a dit Odile, comme s
elle ne voulait pas le contrarier.

Papa essayait de participer à leur conversa
tion. Son costume marron tranchait sur le
tenues claires et estivales de tous ces gens.

— J'ai failli me tuer hier soir dans la Talbot, a
dit le couturier, en désignant une voiture
grand luxe, en bas. Et pourtant, je garderai tou
jours un faible pour les Talbot.

— Et moi pour les Delahaye, a dit le joueur de polo. Elles me plaisent parce qu'on n'est jamais sûr de leurs freins.

Papa m'a serré très fort la main. Je devinais qu'il voulait se donner du courage.

— Moi, a-t-il dit sur un ton qu'il s'efforçait de rendre badin, je reste fidèle à la traction avant.

Et il désignait une Citroën garée en bas, au coin d'une rue.

Personne ne semblait avoir entendu la remarque de papa. Sauf l'un des serviteurs à veste blanche qui circulaient avec des plateaux.

— Mais on est en train de vous la voler, votre voiture, a-t-il dit à papa.

En effet, la traction avant démarrait et disparaissait au coin de la rue.

— Pensez-vous, a dit papa. C'est le chauffeur qui va chercher des cigarettes...

Puis, se tournant vers le groupe de personnes élégantes, il est revenu à la charge.

— L'avantage des traction avant, c'est qu'elles ont un bon moulin, a-t-il dit.

Mais cette phrase comme la précédente est tombée dans l'indifférence générale. Papa a bu plusieurs cocktails pour se détendre. Odile se tenait toujours à côté de nous.

— J'aimerais bien que tu me présentes tes parents car je n'ai pas encore fait leur connaissance, a dit papa.

Elle a rougi.

– Vous savez, a-t-elle dit, ils sont très occupés.

Odile, l'air embarrassé, nous a guidés à travers les groupes de convives, jusqu'à l'autre bout de la terrasse.

Une femme blonde, qui portait des lunettes de soleil et une robe bleu pâle, et un homme aux cheveux noirs et soyeux étaient entourés par quelques personnes d'apparence aussi gracieuse que celles dont papa m'avait révélé les noms tout à l'heure. Odile, d'une petite voix, a dit à la femme blonde :

– Maman, je voudrais vous présenter Monsieur Certitude.

– Pardon ? a dit sa mère distraitement.

– Enchanté de faire votre connaissance, a dit papa en inclinant la tête.

Mais elle le voyait à peine derrière ses lunettes de soleil.

– Papa... C'est Monsieur Certitude, a dit Odile en essayant d'attirer l'attention de l'homme aux cheveux bruns... Et Cathrine Certitude... Vous savez... mon amie du cours de danse...

– Enchanté, Monsieur, a dit mon père.

– Bonjour, a dit le père d'Odile en lui tendant une main nonchalante.

Lui et sa femme reprenaient leur conversation avec leurs amis.

Mon père demeurait immobile et un peu désemparé, mais il n'avait pas perdu tout à fait son élan.

– Nous sommes venus... en... traction avant, a-t-il déclaré.

C'était l'une de ces phrases que l'on lance sans bien réfléchir, comme un appel de phares.

Monsieur Ancorena a haussé légèrement les sourcils. Madame Ancorena n'a rien entendu derrière ses lunettes de soleil.

Odile a voulu me montrer sa chambre et, quand nous sommes revenues sur la terrasse, mon père avait engagé la conversation avec un homme corpulent qui portait une moustache. Ils parlaient tous les deux dans une langue mystérieuse que je ne comprenais pas. Puis l'homme s'est éloigné en tournant de l'index un cadran imaginaire et en collant la paume de sa main à son oreille – geste qui signifie qu'« on se téléphonera ».

– Qui est ce monsieur ? ai-je demandé à papa.

– Quelqu'un de très important qui va pouvoir m'aider.

Nous nous sommes retrouvés dehors, papa et moi. Il a regardé la camionnette, là-bas, au début du boulevard. Monsieur Chevreau, par la vitre baissée de la portière, nous faisait de grands signes du bras. Papa s'est retourné et a jeté un œil furtif vers la terrasse de l'hôtel particulier d'où nous parvenaient des éclats de voix et de rire.

– Il a fallu jouer serré, a dit papa.

Nous marchions vers la camionnette. Odile, en courant, nous a rattrapés :

– Pourquoi êtes-vous partis sans me dire au revoir ?

Elle a eu un sourire timide, comme si elle s'excusait.

– Vous ne vous êtes pas trop ennuyés à ce cocktail ?

– Au contraire, a dit papa. J'y ai fait des rencontres très importantes pour moi et je te remercie de m'avoir invité. Ma petite Odile – son ton est devenu plus grave –, je crois que tu m'as mis le pied à l'étrier. Mes affaires vont prendre une autre dimension grâce à ce cocktail...

Odile a froncé les sourcils, mais elle a paru encore plus étonnée quand nous nous sommes arrêtés devant la camionnette.

– Et votre voiture ?

– On vient de nous la voler, a dit papa, très sûr de lui.

Il s'est penché vers Monsieur Chevreau qui attendait au volant :

– Merci d'être venu, mon brave. Vous aurez l'obligeance de nous conduire au commissariat le plus proche pour que je fasse une déclaration de vol.

Odile avait écouté papa avec une extrême attention et nos regards se sont croisés. Elle a rougi très fort.

Les semaines suivantes, je n'ai plus revu mon amie au cours de danse. J'étais très triste et j'ai demandé à Madame Dismaïlova si elle savait les raisons de la disparition d'Odile.

– Tout ce que je sais, m'a-t-elle répondu, c'est qu'ils me doivent un mois de leçons...

Papa et moi, nous avons cherché son numéro de téléphone. Dans l'annuaire, nous n'avons pas trouvé un seul Ancorena et le 21 boulevard de la Saussaye n'était pas mentionné. On passait directement du 19 au 23. Alors j'ai décidé de lui écrire.

— De toute façon, a dit papa, je compte sur Tabélion pour m'indiquer leur numéro de téléphone. Ne sois pas triste, chérie... Nous finirons bien par joindre Tabélion... Et tu retrouveras Odile.

Tabélion... Encore un nom qui résonne dans ma mémoire, et son écho provoque chez moi une émotion. Ce Tabélion avait dû beaucoup frapper l'imagination de papa : trente ans plus tard, il garde encore sa carte de visite dans son portefeuille. Il me l'a montrée l'autre soir. Le bristol était un peu jauni :

René Tabélion
S.E.F.I.C.
1 rue Lord-Byron (8ᵉ) ELY. 83.50.

C'était le seul invité qui lui avait adressé la parole au cours du cocktail de printemps.

— Tu te souviens encore de Tabélion, Catherine ?

Oui, je me souvenais de cet homme rond avec une moustache, une chemise au col grand ouvert et une ceinture de crocodile, avec qui mon père parlait dans une langue mystérieuse. Quand nous étions revenus de Neuilly dans la camionnette de Chevreau, papa m'avait dit :

— Je serai toujours reconnaissant à ton amie Odile de nous avoir invités. J'ai parlé longuement avec un homme qui s'appelle Tabélion... Retiens bien ce nom, Catherine... Tabélion... Grâce à lui, mes affaires vont reprendre de l'essor...

Et, à partir de ce moment, je l'ai vu souvent appeler Elysées 83-50. Mais personne ne répondait et papa, déçu, raccrochait le combiné du téléphone. Ou bien, je l'entendais dire :

— Pourrais-je parler à Monsieur René Tabélion ? De la part de Georges Certitude... Ah... Il n'est pas là ? Dites-lui qu'il me rappelle...

Tabélion n'a jamais rappelé. Et pourtant, papa croyait en lui, d'une foi inébranlable.

Il répétait souvent à Monsieur Chevreau :

— Vous comprenez, des gens comme Tabélion ne se contentent pas de sièges de Constellation... Il leur faut des escadrilles entières... Voilà toute la différence...

Monsieur Casterade, d'un ton ironique, lui demandait :

— Alors, votre Tabélion ? Pas de nouvelles ?

Papa haussait les épaules.

— Vous seriez bien incapable de comprendre un homme de l'envergure de Tabélion.

Un soir d'hiver que nous revenions du cours de danse à pied, en suivant la rue de Maubeuge, papa m'a dit :

– Catherine, mon père avait raison. Il est arrivé un jour, gare du Nord, et il a décidé de rester dans ce quartier. C'est lui qui a ouvert notre magasin de la rue d'Hauteville. Il pensait qu'il fallait habiter dans ce quartier parce que c'était un quartier de gares. Et que si l'on voulait partir, c'était plus pratique... Et si nous partions, Catherine ? Tu n'as pas envie de voyager, toi ? De voir de nouveaux horizons ?

La dernière fois que nous sommes allés au cours de danse, papa m'a dit :

— Catherine, c'est drôle... J'ai connu dans le temps ton professeur, Madame Dismaïlova... Elle ne me reconnaît pas car je ne suis plus le jeune homme que j'étais alors... Elle aussi a bien changé. Je n'ai pas toujours travaillé dans le commerce... En ce temps-là, Catherine, j'étais un jeune homme assez bien de sa personne et, pour gagner un peu d'argent de poche, j'avais voulu faire de la figuration au Casino de Paris...

Un soir, on m'a demandé de remplacer l'un des porteurs... Les porteurs, ma petite Catherine, sont ceux qui doivent porter les danseuses de la revue... Et la danseuse que je devais porter, c'était ta maman... Nous ne nous connaissions pas encore... Je l'ai prise dans mes bras de la façon que l'on m'a indiquée... Je suis entré en scène avec elle en titubant, sans mes lunettes... Et patatras !... Je me suis cassé la figure... Nous sommes tombés tous les deux par terre... Ta maman avait une crise de fou rire... Il a fallu baisser le rideau... Elle m'a trouvé très sympathique... C'est au Casino de Paris que j'ai connu aussi ton professeur, Madame Dismaïlova... Elle faisait partie de la revue...

Et papa, comme s'il avait peur que quelqu'un nous suive, rue de Maubeuge, et entende notre conversation, a ralenti le pas et s'est penché vers moi.

— Eh bien, ma petite Catherine, a-t-il dit d'une voix très basse, presque un chuchotement, elle ne s'appelait pas Galina Dismaïlova à cette époque-là, mais tout simplement Odette Marchal... Et elle n'était pas russe mais originaire de Saint-Mandé où ses parents, de très braves gens, tenaient un petit café-restaurant... Elle nous y invitait souvent ta maman et moi, quand nous faisions relâche au Casino de Paris... C'était une bonne camarade... Elle n'avait pas du tout l'accent russe, mais pas du tout...

Papa s'est assis avec les mères des élèves sur la banquette de moleskine rouge et le cours a commencé.

J'écoutais Madame Dismaïlova, qui s'appelait Odette Marchal, dire avec l'accent russe :

— Fondou... Tendou... Pas de cheval... Atti-tou-de... Ouvrrrez seconde... Ferrrmez cinquième...

Et j'aurais bien voulu connaître sa vraie voix.

Le cours de danse s'est achevé vers sept heures du soir. Madame Dismaïlova nous a dit :

— Au rrrevoir... et à jeudi prrrochain, les enfants...

Dans l'escalier, j'ai chuchoté :

— Tu aurais dû lui parler et l'appeler par son vrai nom...

Papa a éclaté de rire.

— Tu crois que j'aurais dû lui dire : bonjour, Odette... Comment vont les amis de Saint-Mandé ?

Il est resté un moment silencieux. Et puis il a
ajouté :

– Mais non... Je ne pouvais pas lui faire ça...
Il faut la laisser rêver, elle et ses clients...

Un matin, je suis allée chercher le courrier, comme d'habitude, pour le donner à papa, car j'étais toujours impatiente de savoir si nous aurions nos deux lettres d'Amérique. Celle de papa était très épaisse, et dans la mienne maman avait écrit :

« Ma chère Catherine,

Je crois que nous bientôt allons être réunis tous les trois. Je t'embrasse très affectueusement.

Ta maman »

Papa lisait la lettre de maman, à son bureau, avec une grande attention. Sur le chemin de l'école, il m'a dit :

— Les nouvelles d'Amérique sont excellentes.

Ce même jour, Monsieur Casterade avait voulu nous lire un poème et nous l'écoutions dans le bureau. Sa voix monotone et son geste de la main pour battre la mesure me faisaient l'effet d'une berceuse. J'avais peine à garder les yeux ouverts.

– ... « *Là-bas, à Castelnaudary, les soirs d'automne...* »

J'avais ôté mes lunettes et j'étais sur le point de m'endormir. Papa tout à coup l'a interrompu :

– Excusez-moi, Raymond, mais il est sept heures et demie et j'emmène ma fille dîner au restaurant Charlot, roi des Coquillages.

Le buste de Monsieur Casterade s'est raidi, il nous a enveloppés d'un regard méprisant, et il a refermé d'un geste lent son recueil de poèmes.

– Drôle de monde, a-t-il dit, drôle de monde

où Charlot, roi des Coquillages, est plus important qu'un poète français. Et où l'on préfère une douzaine d'huîtres à un bel alexandrin. Eh bien, je vous souhaite bon appétit.

Papa s'est raclé la gorge. Puis il a déclaré d'une voix solennelle :

– Raymond, j'ai quelque chose de très important à vous dire. Nous allons partir en Amérique, ma fille et moi.

J'étais si stupéfaite de ce que venait d'annoncer mon père que j'ai mis aussitôt mes lunettes pour voir si je ne rêvais pas. Monsieur Casterade se tenait figé devant la porte du bureau.

– En Amérique ? Vous allez partir en Amérique ?

– Oui, Raymond.

Monsieur Casterade s'est affalé sur le fauteuil pivotant de son bureau.

– Et moi ? a-t-il demandé d'une voix blanche. Est-ce que vous avez pensé à moi ?

– J'ai pensé à vous, Raymond. C'est très simple. Je vous laisse le magasin. Nous en reparlerons demain à tête reposée.

Papa m'a pris le bras et nous sommes sortis du magasin, laissant Monsieur Casterade, assis à son bureau, qui répétait, machinalement, comme s'il n'y croyait pas encore tout à fait :

– En Amérique... En Amérique... Mais pour qui se prennent-ils ?

Si je t'ai invitée ce soir au restaurant, m'a dit papa, c'est pour te parler de ce voyage... Eh bien, oui, ma petite Catherine, nous partons en Amérique... En Amérique où nous allons rejoindre ta maman...

Papa a appelé le garçon du restaurant Charlot, roi des Coquillages, et il a commandé, pour mon dessert, une pêche Melba. Puis il a allumé une cigarette :

– Vois-tu, Catherine, quand ta maman est retournée en Amérique, il y a trois ans, j'étais très triste, mais elle voulait vivre là-bas, dans son pays... Je lui ai promis que nous la rejoindrions le plus tôt possible, une fois que j'aurais réglé toutes mes affaires commerciales, ici en France... Le moment est venu... Nous allons

nous retrouver tous les trois en Amérique...
D'ailleurs ta maman l'avait prévu, dès que nous
nous sommes rencontrés, bien avant ta naissance, quand elle était danseuse dans les ballets
de Miss Maekers... Elle me disait : Albert – je
m'appelais Albert en ce temps-là –, nous nous
marierons, nous aurons une petite fille et nous
vivrons en Amérique... Ta maman avait
raison... Mais que cela ne t'empêche pas de
manger ta pêche Melba... Elle va fondre... Tu
veux que je te donne ta première leçon d'anglais ?

Et papa, en articulant bien les syllabes, m'a
dit :

– En anglais, pêche Melba, c'est pêche
Melba, mais avec l'accent... Et glace, c'est « ice
cream »...

Il faisait encore jour à la sortie du restaurant.
C'était l'été. Il y avait, à cette époque, des auto-
bus à plate-forme et des taxis G7 noir et rouge
qui attendaient à la station, au milieu de la place
de Clichy. Et le Gaumont-Palace. Et des mar-
ronniers.

– Si nous rentrions à pied ? a dit papa. L'air
est si doux que nous pourrions passer par la
butte Montmartre...

Nous suivions la rue Caulaincourt et papa
avait posé sa main sur mon épaule.

— Je prends les billets de bateau pour le mois prochain, Catherine... A New York, maman viendra nous attendre sur le quai...

Je pensais à maman. J'étais heureuse de la revoir après toutes ces années de séparation.

— Là-bas, à New York, tu iras dans une école où tu apprendras l'anglais. Et c'est maman elle-même qui te donnera tes cours de danse. Tu sais, elle danse beaucoup mieux que Madame Dismaïlova... Quand j'ai connu maman, elle était déjà l'étoile des ballets de Miss Maekers... Et moi, comme tu le sais, j'ai failli être porteur...

Nous avions descendu les escaliers de la butte Montmartre et papa m'a soulevée dans ses bras et m'a portée le long de l'avenue Trudaine, comme il le faisait jadis au Casino de Paris.

— N'aie pas peur, Catherine, m'a-t-il dit. Je ne te laisserai pas tomber... J'ai fait des progrès depuis la dernière fois...

Au cours de la semaine suivante, papa, Monsieur Casterade et Monsieur Chevreau se réunirent souvent dans le magasin. Je les ai vus signer une grande quantité de papiers. Monsieur Casterade parlait d'une voix de plus en plus autoritaire.

– Signez ici, Chevreau... Et vous, Georges, c'est ici... N'oubliez pas d'écrire : « Bon pour accord »...

Un soir qu'ils quittaient le magasin et que papa était resté au bureau, j'ai entendu Monsieur Casterade dire à Monsieur Chevreau :

— Et désormais, je veux que tout se passe au grand jour... Plus d'embrouilles... Plus de combinaisons à la petite semaine... La stricte légalité... Vous avez compris, Chevreau ? A partir du moment où nos établissements ont pignon sur rue, il faut vivre dans la légalité....

— Cela va sans dire.

Et Monsieur Chevreau hochait la tête, l'air de regretter quelque chose.

Papa était venu me chercher à la sortie de l'école, comme d'habitude, et nous avions suivi la rue d'Hauteville jusque chez nous. A ma grande surprise, un ouvrier, sur une échelle, achevait de repeindre l'enseigne du magasin. Il n'était plus écrit en bleu marine : « CASTERADE & CERTITUDE – Exp. – Trans. », mais « CASTERADE & CHEVREAU, successeur ». Les caractères rouges de CASTERADE brillaient au soleil et cachaient ceux, minuscules, de Chevreau. Monsieur Casterade se tenait très droit, devant la porte du magasin, les bras croisés et l'air satisfait du propriétaire.

— Il aurait pu attendre un peu, a dit papa. C'est comme si nous étions déjà partis...

Monsieur Casterade a voulu nous réunir pour un dîner d'adieu au restaurant « Picardie », rue de Chabrol. Chevreau était présent. Au début du repas, Monsieur Casterade s'est levé en tenant une feuille à la main. C'était un poème qu'il avait écrit, en l'honneur de notre départ.

« *A la proue du bateau voguant vers l'Amérique,*
Surtout n'oubliez pas les amis de Paris,
Car, si New York est belle et Broadway féérique,
Il ne faut pas renier notre parc Montsouris. »

Nous avons applaudi, papa, Monsieur Chevreau et moi. J'étais très émue. Pour la première fois de ma vie, j'avais écouté un poème de Monsieur Casterade jusqu'au bout. J'avais gardé mes lunettes.

Après le dîner, nous avons marché, papa et moi, en direction de l'église Saint-Vincent-de-Paul. Nous nous sommes assis sur un banc du square.

— Tu verras, Catherine... Nous serons heureux en Amérique...

Il a allumé une cigarette, il a renversé la tête et il a fait un rond de fumée.

— Bientôt nous serons dans le Nouveau Monde... The New World... Mais, comme le dit Casterade, il ne faut pas oublier la France...

Sur le moment, je n'ai pas prêté grande attention à cette remarque.

C'est aujourd'hui, après toutes ces années, qu'il me semble l'entendre, distinctement, comme si j'étais encore l'enfant de cet après-midi-là, square Saint-Vincent-de-Paul.

Je pense souvent à mon école, rue des Petits-Hôtels, au square où je jouais avec mes camarades dans la poussière des après-midi d'été, à notre magasin et à la balance sur laquelle nous nous pesions, papa et moi. Je pense à Monsieur Casterade qui nous lisait ses œuvres. Et aussi à Madame Dismaïlova dont je n'aurai jamais entendu la vraie voix.

Nous restons toujours les mêmes, et ceux que nous avons été, dans le passé, continuent à vivre jusqu'à la fin des temps. Ainsi il y aura toujours une petite fille nommée Catherine Certitude qui se promènera avec son père dans les rues du Xe arrondissement, à Paris.

Hier dimanche, avec ma fille, j'ai rendu visite à mes parents, du côté de Greenwich Village. Ils se sont réunis une fois pour toutes, bien que maman ait souvent menacé de s'en aller, car elle était lasse des « combines de papa » – comme elle le disait avec son accent américain. Mr Smith, le nouvel associé de papa, qui est aussi tatillon que l'était Monsieur Casterade, partage entièrement l'avis de maman.

Le taxi nous a déposées au pied du grand immeuble de brique où ils habitent. Là-haut, à l'une des fenêtres de leur appartement, j'ai distingué la silhouette de papa. Il m'a semblé qu'il nouait sa cravate. Peut-être disait-il :

– A nous deux, Madame la vie.

*Achevé d'imprimer
le 3 Novembre 1992
sur les presses de
l'Imprimerie Hérissey
à Évreux (Eure)*

*N° d'imprimeur : 59749
Dépôt légal : Novembre 1992
1er dépôt légal dans la même collection : Août 1990
ISBN 2-07-033600-X*

Imprimé en France

56898